A

LOUIS NAPOLÉON

REMERCIMENT

PAR

BATHILD BOUNIOL.

Antè leves ergo pascentur in æthere cervi,
Quàm nostro illius labatur pectore vultus.

(VIRGILIUS, *Bucolica*, 1.)

——⋅✦⋅——

PARIS

IMPRIMERIE LACOUR ET COMP.,
Rue Soufflot, 16.

——

1852

Ces quelques pages sont l'acquit d'une dette; je me trompe, il est des dettes qu'on n'acquitte jamais. Ces vers ne sont que l'humble témoignage d'une reconnaissance profondément sentie bien que le respect en contienne l'expression trop vive.

Malade depuis longtemps et ne pouvant espérer d'un travail régulier les ressources que ma plume à demi brisée ne me donnait plus, je devais tout craindre quand une main providentielle s'est tendue vers moi. Il tardait à mon cœur d'offrir ce remercîment; le désir de le rendre moins indigne du bienfait a pu seul maîtriser mon impatience.

A LOUIS NAPOLÉON.

Remercîment.

—

Au monde entier, Prince, on voudrait le dire !
Tout à l'effroi d'un morne lendemain,
Je murmurais : « Il faut briser sa lyre ! »
Quant tout-à-coup tu m'as tendu la main.
Sur l'horizon couvert d'un sombre voile,
Et dont, pensif, je détournais les yeux,
J'ai vu soudain resplendir mon étoile,
Et l'avenir rit à mon cœur joyeux.

Jours fortunés, doux après la souffrance,
Vous avez lui pour nous et pour la France.

Qu'importe donc, poète solitaire.

Si j'ai souffert pendant dix ou quinze ans,

Si, m'obstinant dans une voie austère,

J'ai dévoré tant de soucis cuisants!

Jusqu'à la fin Dieu me donna courage,

En lui j'eus foi quand tout semblait perdu,

Il m'ouvre un port au milieu du naufrage;

On goûte mieux le bonheur attendu!

Jours fortunés, doux après la souffrance,
Vous avez lui pour nous et pour la France.

Pauvre Gilbert, souvent ton ombre errante,

Durant les nuits devant moi se levait,

Et, bien des fois, j'entendis murmurante

Ta voix, hélas! pleurer à mon chevet.

Triste et miné par la souffrance intime,

Et n'ayant plus ma place au grand festin,

Sans mon sauveur, peut-être aussi victime,

Pauvre Gilbert, j'aurais eu ton destin.

Jours fortunés, doux après la souffrance,
Vous avez lui pour nous et pour la France.

Oh! tu fus bien pour moi la Providence,

Quand soulevé sur l'auguste pavois,

Prince, acclamé par cette foule immense,

Tu distinguas, d'en haut, ma faible voix.

A mes douleurs tu sus prêter l'oreille;

Même à ta table étonné de m'asseoir,

En te quittant, je doute si je veille,

Quand je sors riche... et non riche d'espoir.

Jours fortunés, doux après la souffrance,
Vous avez lui pour nous et pour la France.

Et maintenant plus d'angoisses mortelles !

Plus de soucis qui troublent la raison !

Déjà la Muse a retrouvé ses ailes

Et voit tomber les murs de sa prison ;

Libre à présent, libre comme la flamme,

Son vol joyeux ira chercher le ciel ;

Heureux poète, épanouis ton âme,

Car l'ambroisie a remplacé le fiel.

Jours fortunés, doux après la souffrance,
Vous avez lui pour nous et pour la France.

Oh ! du bonheur que douce est la surprise !
A faire ainsi des heureux tu te plais,
Napoléon, et, par la grâce exquise,
Tu connais l'art de doubler tes bienfaits.
Le cœur tout plein de ma reconnaissance,
Les yeux voilés, je sens les pleurs venir ;
Je joins les mains et, dans mon impuissance,
J'espère en Dieu qui m'entend te bénir.

Jours fortunés, doux après la souffrance,
Vous avez lui pour nous et pour la France.

A quelques vers, à la prose timide
Il faut borner mon humble compliment,
Quand je voudrais t'offrir une Énéide,
O bon César, pour mon remercîment.
Si j'eusse été Racine ou bien Corneille !....
Mais, auprès d'eux le dernier des rimeurs,
En choisissant dans ma pauvre corbeille,
J'ai peine encore à glaner quelques fleurs.

Jours fortunés, doux après la souffrance,
Vous avez lui pour nous et pour la France.

G. CHASSEVENT

VISITE A L'EGLISE DE RUEIL (1).

J'entre dans le lieu saint. La fille avec la mère
Repose dans la paix de l'humble sanctuaire,
Où nul bruit du dehors n'interrompt ce sommeil
Qui précède pour tous le suprême réveil.
Ici dans ce tombeau qu'un rayon illumine
Est celle qu'on nommait la bonne Joséphine ;
Là, c'est la reine Hortense, aimable Majesté,
Se parant, elle aussi, de grâce et de bonté.

---

(1) On sait que, dans l'église de Rueil, se trouvent les tombeaux
de l'impératrice Joséphine et de la reine Hortense, mère de Louis-
Napoléon.

Triste et m'agenouillant devant la froide pierre,

J'élance vers le ciel ma fervente prière,

La prière du cœur, aumône du chrétien,

Qu'il peut donner toujours même quand il n'a rien ;

J'apporte aussi ces fleurs, mon offrande discrète,

Parfum reconnaissant, obole du poète.

Vous comprenez, mon Dieu, pourquoi je suis venu

Méditer sur ce deuil que je n'ai pas connu ?

Pourquoi je m'attendris sur ces deux pauvres âmes,

Et, sans même avoir vu les traits des nobles femmes,

Trop certain que chacune eut sa part de douleurs,

Pèlerin étranger, pour elles j'ai des pleurs.

    Puis-je oublier le Fils, en priant pour la Mère ?

Ma voix du fond du cœur s'élève à vous sincère,

O Dieu, sur ces hauteurs que j'entrevois d'en bas,

Frayez-lui le chemin, gardez-le des faux pas !

Sur ces sommets altiers si prompt est le vertige !

Ainsi que des roseaux qui tremblent sur la tige,

Quand l'ouragan mugit, — hélas ! j'en fus témoin, —

Les cèdres arrachés sont emportés au loin.

Les hommes souverains, si tu les abandonnes,

Comme ivres, chancelants sous le poids des couronnes,

Dans l'abîme entr'ouvert précipités soudain,

Ne trouvent pas une herbe où s'accroche leur main,

Et, roulant jusqu'au fond comme un tronc sans racine,

Entraînent tout un monde en leur vaste ruine.

Oh ! puisse-t-il celui dont la France a fait choix

Marcher d'un pied plus sûr que ne firent nos rois !

Il va par un sentier bordé de précipices,

Et, pareille à la mer, folle dans ses caprices,

La foule, bien souvent, calme et trompeuse à l'œil,

N'attend pour s'agiter qu'un souffle de l'orgueil ;

Contre la digue encor bouillonne son écume ;

Qu'elle soit le marteau qui frappe en vain l'enclume !

Noble Prince, Louis joint à la fermeté,

Au vouloir énergique, une mâle bonté,

Et ce grand cœur qui fait, qu'oublieux de soi-même,

On est riche pour ceux qu'on estime et qu'on aime.

Caractère stoïque et courage viril,

Il se joue, impassible, au milieu du péril,

Et, tel que le pilote au fort de la tempête,

Calme, il entend gronder la foudre sur sa tête.

De ces hautes vertus qui sauvent les Etats,

Pour son malheur, ô Dieu! que l'on n'abuse pas !

Car au faîte sublime, hélas! il faut tout craindre,
Le zèle a ses excès, l'inimitié sait feindre.
Loin de Lui les conseils dont le voile trompeur
Déguise habilement l'égoïsme ou la peur,
Ou la haine épiant la moindre défaillance ;
Puissent-ils ne jamais tromper sa vigilance !
Seigneur, donnez au Prince, avec l'amour du bien,
La prudence du sage et la foi du chrétien !
Dans ses douteux calculs la raison s'embarrasse,
Mais la sainte croyance est la forte cuirasse.
D'ardentes passions conspirent contre lui,
Eh! qu'importe, s'il a votre main pour appui !
Qu'importe la rumeur de sauvages colères
Qui ne réveillent plus les échos populaires !
Qu'importent les efforts d'insurgés à huis-clos,
Qui bâtissent en l'air de fragiles complots !
Son dédain se rira de ces ligues posthumes
Qu'un souffle balaîra comme un amas de plumes.
Qu'importe la rancune et les ambitions
Des intrigants fauteurs de révolutions !
Ils comptent sur le Temps comme sur un complice
Et de leurs vains projets le temps fera justice.

Mais vous, hommes loyaux, que je vois opposans,

Du malheur, de l'exil sincères courtisans,

J'honore de vos deuils les douleurs solennelles,

Mais quoi! recommencer des luttes éternelles?

Avec les bons bourgeois, naïfs républicains,

Harceler le Pouvoir de murmures taquins,

Et fomenter encore, ou publique ou latente,

Dans les esprits hautains cette humeur mécontente

Qui, vainqueurs, tournerait aussitôt contre vous,

C'est d'un fatal exemple aux méchants comme aux fous!

D'un néfaste passé triste est l'expérience!

Croirait-on dans les cœurs guérir la défiance,

L'incurable mépris de toute autorité,

Par le blâme fréquent, souvent immérité?

Craignons de raviver les fièvres intestines!

Nous marchons, incertains au milieu des ruines,

Sur un sol tout fumant qui tremble sous nos pas,

Le sang doit-il couler par de nouveaux combats?

Hélas! songeons plutôt à panser nos blessures!

Heureux de vivre en paix dans nos maisons plus sûres,

Et, chrétiens, de prier librement au saint lieu,

Soyons reconnaissants de la trève de Dieu!

La France doit passer avant une cocarde :
Quand, pareille au vieux mur qui partout se lézarde,
La société croule, ah ! qui peut refuser
D'arrêter les débris prêts à nous écraser ?
L'architecte puissant travaille à reconstruire :
A son œuvre héroïque aidons, bien loin de nuire,
Bien loin que la critique insulte au monument
Dont la veille on posait le premier fondement.

Si le prince d'ailleurs vers un grand but chemine,
Avec l'aide du ciel, on creuse en vain la mine ;
Que peut un bras d'enfant contre le vaste bloc
Sur sa base immuable et taillé dans le roc ?
O vous, Dieu protecteur, sur qui compte la France,
Gardez son chef illustre et prenez sa défense !
Seigneur, dans les périls, sur lui daigne veiller,
Que ta droite le couvre et soit son bouclier !

MON RÊVE.

—

Oh ! vivre pour la foi, pour l'art et la patrie,
Et travailler en paix à son œuvre chérie,
Dans l'espoir d'être utile, et, poète chrétien,
Par des écrits goûtés de faire un peu de bien ;
Compter qu'on n'est plus seul, qu'à travers la poussière
Un regard bienveillant nous suit dans la carrière,
Et qu'on aura toujours avec l'eau du ruisseau,
Ces quelques grains de blé dont se nourrit l'oiseau ;
Travailler pour le ciel sans dédaigner la gloire
De léguer, si l'on peut, un nom à la mémoire,
Un nom cher et sacré pour tous les nobles cœurs ;
Jouir en liberté du soleil et des fleurs,

Et pouvoir à son gré, tout entier à l'étude,

Loin du monde et du bruit, chercher la solitude,

Sans craindre que, livide, apparaisse soudain.

Visiteur effrayant, le spectre de la faim;

Oh! c'était là mon rêve en courant la campagne,

Ou près du feu, *l'hiver!* — Mais, châteaux en Espa...

Me disais-je bien vite, ô songe et vanité!

Et pourtant ce doux rêve est la réalité....

www.ingramcontent.com/pod-product-compliance
Lightning Source LLC
Chambersburg PA
CBHW061521170626
46811CB00004B/1788